Dienerin des verfluchten Kindes

6

Yuki Shibamiya

Dienerin
des verfluchten
Kindes

Cursed Child's Servant

Inhalt   6

Dienerin
des verfluchten
Kindes
Cursed Child's Servant

Kapitel 25

Das ist das »Haus der geliebten Kinder«.

Hier wären wir auch schon.

Es gibt da ein Waisenhaus, in dem auch Verfluchte willkommen sind.

Wartet kurz.

Mir ist gänzlich neu, dass es ein Waisenhaus für Verfluchte geben soll.

Er ist mir immer weniger geheuer ...

Allons-y!

Jetzt hat er uns doch glatt hierhergebracht.

Ja ... Sehr schwungvoll noch dazu.

Also sind Sie Wissenschaftler?

So könnte man es sagen.

Darum kenne ich auch eher unbekannte Orte wie diesen.

Das Waisenhaus hilft mir hin und wieder bei Untersuchungen.

Ich stelle Forschungen zu den Flüchen an.

Herr Professor?

Nun denn.

Ich würde gerne sofort mit der Führung beginnen. Allerdings ...

Hm Do

Flüster

Sie wirken nicht wie schlechte Menschen.

Den Kindern scheint es hier auch gut zu gehen.

Hmmm, meinst du?

?

7

Haaach!

Das steht euch dreien wirklich ausgezeichnet!

Er ist wahrlich die Tracht derer, die Gott dienen ...

... der Habit der Nonnen, das schönste Gewand dieser Welt!

Du aber auch, Renée!

Ihr seht beide ganz entzückend aus.

Pappa ...?

Schon wieder Frauenkleider!!

Siehe Kapitel 6.

Schwupp

Was genau soll da im Lot sein?

Männern ist der Zutritt eigentlich verboten, aber wenn wir so vorgehen, ist doch alles im Lot, nicht?

Hach!♡

Weshalb die Verkleidung ...?

Kommt, gehen wir.

Außerdem gehört das Waisenhaus zu dem angrenzenden Kloster.

Weil es meinen Geschmack trifft.♡

Pri... Mein Herr Albart ...

Entschuldigen Sie, aber ich werde es ablegen ...

Ich will weder Gott betrügen noch einen Eid ablegen.

Ha ha ha ...

Das fällt mir gerade auf!

Wie schön!

... wir passen ja zusammen!

Mist, wenn sie das mit diesem Gesichtsausdruck sagt ...
Ich gelobe!!
Ich werde ihr Lächeln beschützen!
Ihr seid ganz eifrig dabei, Herr Albart!
Patsch
Tschilp
Ah!
Sieh nur ...
... wir sind hier.
Ach?
Kleleng
カラン
Kleleng
カラン
Ja ...

Der kommt ihr zu nahe ...

Pass gut auf, ja?

Vielen Dank für die Erinnerung.

Da haben Sie recht!

Da ist sie.

Mutter Fleur und Begleitung, macht einen Schritt zurüüück!

Herzlich willkommen im Herrensitz der Verfluchten!

Dosch

Fu Fu

Fu Fu

Seid vorsichtig, die lässt es ordentlich blitzen!

Nee, die gucken sich nur um.

Waaah わぁ

Ooh! wie toll!!

Kommt sie neu zu uns, Michelle?

Das wird schon klappen! Ich glaube an Claire!

Zitter あ⁊

Zitter あ⁊

Sie sollten nicht zu wild werden ...

Trotzdem klopft auch mein Herz wie wild ...

Ja.

Ihr seid als Erstes da durch, wo die normalen Knirpse bleiben.

Die verfluchten Kinder werden hier separat untergebracht?

Dosch ポ!! ゴ"

Swup

Renée?!

Manche können nicht so gut mit ihren Flüchen umgehen ...

ゴォォォォォ
Fwuuusch

Michelle! Hilfe!

Pauls Fluch spielt verrückt!

Wenn man vom Teufel spricht und so.

... mit Verfluchten zusammenzuleben.

Vorsicht, Michelle!

!

Swusch

He, habt ihr euch schon wieder gezankt, ihr Rotzbengel?

Es ist also wirklich nicht leicht ...

Zack

Sie ist so warm-herzig.

Nein!

Mama!

Urgh, wieso?!

Michelle ...

Wer soll deine Mama sein?!

Es hat mich sehr erleichtert zu sehen ...

... dass Damen wie Sie hier sind.

... wenn sie ein aufrichtiges Leben führen ...

... und zu wunderbaren Erwachsenen werden.

... könnte dies zu einer Welt werden ...

Wenn eine Einstellung wie Ihre sich verbreitet ...

... in der eine Koexistenz mit Flüchen für alle möglich ist.

Mit jemandem ...

... wie Michelle an ihrer Seite ...

U... Unsinn!

Aha? Na, jeder, wie er mag.

Er ist eigentlich ein Junge.

Diese Stimmlage?

Mist, da ist mir etwas Prinzliches rausgerutscht!

Fwap

Ha ha! Das ist 'n anderes Kaliber an Idee!

Aber nicht übel!

Flomp

Niemand da

Pappa ...?

... haben diese Kinder sicher eine strahlend helle Zukunft.

Blinzel

Ja ...

Sobald wir Claires Vater gefunden haben ...

... sollten wir ihm von dem Waisenhaus erzählen.

Nanu? Wo ist denn Claire?

Willkommen zurück.

Sie hat so fest geschlafen, also ziehen wir uns um und holen sie dann ab.

Katschang

N... Nicht im Geringsten!

Allein der Gedanke daran macht traurig, was?

Da bin ich wieder!

Nee, sie hat sich nur im Schlaf gedreht.

Sie hat sich bewegt! Wacht sie auch nicht auf?!

Sosooo, überfürsorglich also! ☆

Pr... Mein Herr Albart hätte allerdings lieber gewartet, bis sie aufwacht.

S... S... S... Sei still!

Sst

Lasst sie uns sofort abholen gehen.

Sie stellen sich ihren Flüchen auch direkt.

Hi hi

Ihr könnt ganz beruhigt sein. Die Kinder dort sind alle sehr brav.

Wie war es? Konntet ihr einen Eindruck gewinnen?

Ja! Obwohl wir anfangs etwas unruhig waren ...

Flüche werden nicht allein durch Gebete verschwinden.

Womöglich ist Gott nur denjenigen hold, die sich unermüdlich ihren Flüchen stellen.

Dein Haar war zerzaust.

Ich glaube, wir können noch gute Freunde werden!

Wirklich?

Womöglich, ja ...

Das sehe ich genauso!

Grapp

Äh
...?

GWP

Ihr
...

... plaudert
etwas
zu lange,
Renée.

Zuck

Pr...
Herr
...

... Albart?

Oho?

Wir sollten
schnell los
und Claire
abholen.

N... Na-
türlich.

?
?

Was mache
ich denn da?!

Verdammt!
Es hat mich
bei dem An-
blick einfach
überkom-
men!!

Vielleicht ist sie los, um nach euch zu suchen.

Claire ...

Raschel

Und dabei war ich noch im Nebenzimmer! Es tut mir echt leid!

Ihre Aufpasser haben sich nur kurz um andere Kinder gekümmert.

Sie war sicher traurig ... als sie aufwachte und wieder allein war.

Sie wurde von ihrem Vater getrennt ...

... und war im Palast nur von fremden Leuten umgeben ...

Krsch

Raschel

ガ
サ

Prinz Albert ...

... in dieser Richtung ...

Sie muss schon wieder allein ausharren.

Wir müssen sie schnell finden.

... es geht ...!

So schnell ...

Ssssch

Wa...?

Prinz Albert!

Rumpeldipumpel

ド
ド
ド

Aaaaah!

く
る
る

Fjuuuh

Geht es dir gut?

Wir fallen ziemlich oft Abhänge hinab.

Ja, verzeih.

Habt Ihr Euch nun etwas beruhigt?

Weshalb ...

Dann bin ich erleichtert.

Hi hi

Zitter

... frage ich sie das überhaupt?

Zitter

Aber ich werde sie auf jeden Fall finden.

Wir hätten ...

... doch warten sollen, bis Claire wieder aufwacht.

Fwupp

29

Diese Kleine ist jetzt auch verschwunden ...

Echt?

Wir sollten noch einmal drinnen suchen.

Gute Idee.

!

Wie hieß sie noch? Claire?

Meinst du, es passiert wieder?

Was genau soll »wieder« passieren?

Uaaah!

Schreck

»Wieder« ...?

Puh ∞

Nichts könnte mir mehr Mut machen.

Wir besprechen das, wenn wir sie gefunden haben.

Jawohl!

Kapitel 26

Sie haben gemeint, mal kurz rauszugehen ist sicher in Ordnung ...

... weil sie ihre Flüche ja brav im Griff haben.

Sie wollten das Waisenhaus verlassen, obwohl wir das nicht dürfen.

Ich glaube, die Pflanze dort war schuld.

Die Pflanze?

Davon bekommt man doch nur Ausschlag.

Swf

Aber sie haben es nicht geschafft ...

... sondern sind neben der Mauer zusammengebrochen.

Nein, das stimmt nicht.

Was ...?

Warum wurde so etwas angepflanzt?

Mutter Fleur sagt, die Pflanze soll Eindringlinge fernhalten ...

... und uns beschützen.

Wenn man die Pflanze berührt, dann fällt man in einen tiefen Schlaf.

!

Oh nein! Ich muss das Michelle sagen!

Ich glaube, die zwei haben die Pflanze berührt.

Wir haben sie bis jetzt nicht wiedergefunden ...

Ich habe Michelle geholt, aber da waren die zwei schon weg.

Flatter

Zitter

Uaaaaah!

Wer nicht brav ist, den holt Gott zu siiiiich!

Als Nächstes holt er miiiiich!

Ach weh, bitte beruhige dich!

Sie besitzen die Kraft Gottes ...

... und haben ihn trotzdem verraten. Darum ist das passiert.

Hab keine Angst, das würde der liebe Gott nie tun.

...

Außerdem ist Claire, genauso wie ihr alle hier ...

... ein ganz liebes Kind.

Ja!

Wirklich?

Tut mir leid, ich hab nicht aufgepasst.

Das ist ja furchtbar! Ich mache mich auch auf die Suche!

Du liebes bisschen, Claire ist verschwunden?!

Ruck

Ihre Kraft der Erlösung ist immerhin die Kraft Gottes.

Bitte sei in Zukunft etwas achtsamer.

Jawohl.

Auch die Innenseite der Mauer ist zugewachsen.

Rtsch

Wenn die Pflanze Eindringlinge fernhalten soll ...

Fast so ...

... warum habe ich dann so ein mulmiges Gefühl?

Es wirkt, als solle der Efeu die Kinder vom Gehen abhalten.

!

Claiiire! Wo bist duuu?!

Claire, bitte sei wohlauf!

Es sieht also tatsächlich danach aus.

Grp

Es ...
ist sehr
dunkel.

Und
sehr
eng.

I...
Ist sie
etwa
...

...
dort
hinab
...?

Claiiire!

Melde
dich, wenn
du hier
biiist!

TAPP

Brz

Brz

Claiiiiire!

Tapp

Claire!

Claire!

Dieses Leuchten ...!

Brz

Pappa?

Dir nicht auch, Ren...

Da fällt mir ein Stein vom Herzen.

Püh

Sieht nicht danach aus.

Pappa! Pappaaa!

Bist du verletzt?

Fwup

Fwip

Nene!

Pappa!

Hmmm?

Allerdings sagt sie »Nene« ...

Das ist kein »Mama«.

す〜 Fwip

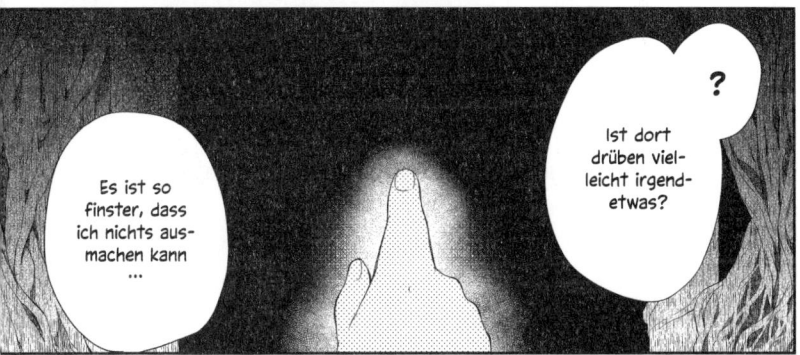

Es ist so finster, dass ich nichts ausmachen kann ...

Ist dort drüben viel-leicht irgend-etwas?

?

Sie leuchtet?!

Was ...?

ぽ Zamm う〜

Das ist gut möglich.

Schwupp

Meint Ihr, es sind die zwei, die verschwunden sind?

Puh, sie atmen beide noch.

Püüüh

Sie schlafen also nur.

Püüüh

Wer würde so etwas tun?

Tapp

Das Gewächs hat sich um sie gerankt.

Darbringen?

Bei diesen beiden wäre es auch bald so weit gewesen.

Wer brav übt und seinen Fluch perfekt im Griff hat, für den ist die Zeit reif ...

... und ihm ihre Fluchkräfte darbringen.

Viele Verfluchte sind schon ...

... an Gottes Seite gereist, um ihm ihre Kräfte darzubringen.

Dodomm

Dodomm

Dodomm

Flüche entstehen, wenn die Energie eines Menschen sich verändert.

Wenn sie sagt, diese Kraft wird Gott dargebracht ...

Renée?

Haben Sie ...

... ihnen das Leben genommen ...?

Entspricht das wirklich Gottes Wünschen?

... denn gar nicht am Herzen?

Liegen Ihnen die Kinder ...

Werden Sie Ihr Leben ebenfalls Gott darbringen?

Können Sie dadurch erlöst werden?

Welch törichte Frage.

Was wäre mein Leben, ich habe Gott längst alles geopfert, was ich bin.

Schnapp

Was?!

Meine Erlösung wird Gott dienlich sein!

Krsch
パキッ

Hach ...
Ich fra-
ge mich
...

... ob er
sich diesmal
zufrieden
zeigen
wird?

Da beschlich
mich eine bange
Vorahnung
...

Kapitel 27

Pappaaa!

Bubumm

Bubumm

C... Claire?!

Tada!

ズーん

Verstehe, du wurdest von Renée getrennt.

Mhm!

Snuff
しゅん

Nanu?

Bist du allein?

Du hast mich eben gerettet.

Vielen Dank.

Nun müssen wir schnell Renée finden.

Hm? Das heißt ja ...

Fwaaaaaah
ぱぁぁぁぁぁ

Wie schön, dass dir nichts zugestoßen ist.

Ich kann es kaum erwarten, dich kennenzulernen.

Sie klingen so nett ... Wer sie wohl sind?

Hi hi, meinst du?

Unser Kleines wird sicher eine Schönheit wie du, Emma.

Es sind die Namen derer, die ich vermisste und nie wiedersehen konnte.

Ach, diese Namen kenne ich.

Dan ... und Emma ...?

... Dan.

Dann soll sie deine wunderschöne Haar- und Augenfarbe erben ...

So hießen ...

... mein Vater und meine Mutter.

Swt

Triffst du ...

... nun in deinen Träumen diejenigen wieder ...

... die du so schmerzlich vermisst hast?

... nachdem ich dich in Cara ...

... getroffen hatte.

Ich wollte dich auch unbedingt wiedersehen ...

Nein ...

...
schon viel,
viel länger
als das.

Grrrp

Nun erwache
und komm an
meine Seite
...

...
Renée.

Ihn zu berühren würde mich vermutlich das Leben kosten.

!

Sein Fluch strömt förmlich aus ihm heraus.

Hat ihm seine Wut die Kontrolle darüber genommen?

Zuck

So ist das also. Gift, was?

Das ist ja Furcht einflößend.

Wach auf, Renée!

Dieses ungute Gefühl ...

Ich muss Renée schleunigst von ihm fortbringen.

Rtsch

Ich habe auch schon versucht, sie zu wecken.

... lässt sich der Fluch der Äbtissin nicht brechen.

Das ist vergebene Mühe. Solange sie selbst nicht aufzuwachen versucht ...

Die Äbtissin trägt den Fluch der Blumen.

Die Ranken führen Renée in tiefsten Schlaf und lassen nicht mehr los.

Sie zeigen ihr schöne Träume, sodass sie nicht einmal mehr mit der Wimper zucken kann.

Je tiefer der Schlaf, in den sie fällt, desto mehr vergisst sie die Realität ...

Wage es ja nicht ...
... mich und alles, was wir durchgemacht haben, zu vergessen!
Das ist ein Befehl deines Prinzen!
Komm zurück zu mir, Renée!

Schreck

Was hast du denn, Renée?

Stimmt, ich ...

Komm zu uns.

Ich kann ... ihre Gesichter nicht sehen ...

... weil ich mich nicht an sie erinnere ...

Kuller

Ja ...

Ich sehe die Gesichter meiner Eltern nicht, weil ich sie nicht kenne.

Nein.

Das ist ein Trugbild.

Das stimmt nicht.

Meine Eltern starben, als ich das Licht der Welt erblickte.

TAPP

? ? ? ?

Wo ist er eigentlich?!

Wah, ich bin ganz statisch aufgeladen!

WUP

Es wird kniffliger als erwartet ...

... sie in meine Gewalt zu bringen.

Ach so ... der Herr Professor ist nicht hier.

Ich verstehe.

Endlich hat er sich mir gezeigt ...

Ich habe Gott seitdem nicht mehr gesehen ...

... mein Gott.

Ich widme mich meinem Dienst, sodass ich mich nicht schämen muss.

Nichts da! Ich sollte nicht so anmaßend sein!

Ja ...

... du bist wirklich sehr fleißig.

Genau!

Das Waisenhaus ist nun auch fertig!

Würdest du hier auch verfluchte Kinder aufnehmen ...

... und sie hin und wieder meines Weges schicken?

Schauder

Zu ...
ihm ...?

Krrrk

Ich
muss die
Kinder ...
schnell
...
... zu ihm
bringen
...

Ein
Erdbeben?!

W...
Was war
das?!

Wah!

Ich zeichne sie
einfach immer gerne
als Kinder ~

Kapitel 28

\\Level 6! \\

Kurz und knapp!

Was bisher geschah:

Wir besuchten ein Waisenhaus, in dem auch Verfluchte aufgenommen werden.

Doch unter den Kindern ging das Gerücht um, dass die Verfluchten verschwinden.

Im Keller fanden wir die verschwundenen Verfluchten und waren kurz davor, dort eingesperrt zu werden.

Dann entdeckten wir, dass die Äbtissin dahintersteckt und ebenfalls eine Verfluchte ist!

Nun ist unser Ziel, mitsamt den Verfluchten zu entkommen!

Wir haben die verschwundenen Kinder ...

... weil ihr Claire gefunden habt!

Mutter Fleur meinte, ihr seid wieder gegangen ...

Uoooh!

Ich freu mich so, Claire!

... zurück zu dir gebracht.

GWP

Hör zu, Michelle!

Es tut uns leid ... Wir wollten sofort zurückkommen ...

... aber ... wir ...

Michelle ...

Drück

Bin
ich froh,
dass ihr
wohlauf
seid!

Verzeiht
mir ... Ich
habe euch
nicht sofort
gefunden
...

Nicolas
...

Simon
...

Ich hab
jeden
Winkel
abge-
sucht.

Aber
echt mal,
wo habt ihr
gesteckt?

?

Puh
...

Schwester
Michelle dürfte
nichts damit zu
tun haben.

Was?!
Weshalb
sollte sie
das tun?!

W...

Die
Mutter
Äbtissin
steckt hin-
ter allem.

Sie hat die
Verfluchten in
tiefen Schlaf
versetzt und
eingesperrt.

Sie
hat doch
auch total
verzweifelt
nach ihnen
gesucht!

!

Sie
gibt selbst
Verfluchten
Zuwendung
...

...
und hat für
manche sogar
Pflegeeltern
gefunden!

Niemandem
liegen die
Kinder mehr
am Herzen
als ihr.

Michelle
vertraut
jedoch noch
in Mutter
Fleur.

Diese
Verfluch-
ten sind
vermutlich
...

Wir werden dem Grünzeug Einhalt gebieten!

Sagt ...

... dürfte ich euch Claire für eine Weile anvertrauen?

Darum müsst ihr noch ein kleines bisschen länger mutig sein!

Äh?

Äh?

TAPP

TAPP

TAPP

Wenn ja ...

Ist das wirklich der Fluch von Mutter Fleur?

... sind nichts derlei Erhabenes.

Gick

Flüche ...

In etwas Besonderem ...

Ihr Ursprung ...

... das jeder in sich trägt: menschlichen Gefühlen.

... liegt teils in etwas Schwerem und Verzerrtem.

Gott ist der Einzige, der eure Kräfte anerkennt.

Ihr wurdet auserwählt.

Zu¹¹

Zu¹ SWWT

Würdest du sie bitte nicht so entwürdigen?

Fwusch

In einer Welt zu leben ...

... in der euch alle nur fürchten, hat euch doch Kummer und Leid beschert, nicht?

Grp む

Frrratsch

バッ

バ

... aber könnten Sie das nicht im Alleingang entscheiden?!

Entschuldigen Sie, dass ich so direkt werde ...

Das Leben ist nicht nur Kummer und Leid.

Rtsch

Rtsch

Fass sie nicht so viel an ...

R... Renée ...?

Selbst in diesem Moment nicht.

Jeder Schritt, den wir aufeinander zumachen ...

... sind der Schlüssel für ein friedliches Miteinander.

Verständnis und offene Herzen ...

Vielleicht war das alles, wonach sie sich gesehnt hat.

Ich hab schon immer ...

... so richtig zu Ihnen aufgesehen, wissen Sie das?

Schwester Michelle?!

Mist! Mutter Fleur is' knallhart 'ne Verfluchte!

... aber ohne Sie wären wir schon lange tot!

Sie haben zwar was Böses getan ...

W... Wir finden Sie auch toll!

Ach, wonach
ich mich wirklich
gesehnt habe,
war doch
...

Ist bei Ihnen alles in Ordnung?

Huwärgh!

Plompf

Renée!

Was?

Ganz gleich, wie viele Kinder er auch ihrer Kräfte beraubt hat, er schien immer unzufrieden.

Er hatte nie genug ...

Fast so ...

... als würde er nach etwas suchen.

Ach, dieses Kind war es auch nicht.

Niemand außer ihm kommt infrage.

Es wird für sie sicher gut enden.

Die Wachen haben Michelle auch mitgenommen ...

Ich habe so eine Vermutung, wer dieser »Gott« ist ...

Die Schandtaten wurden aufgedeckt und nun leben alle glücklich bis ans Ende ihrer Tage?

... von dem die Mutter Äbtissin gesprochen hat.

Tapp

So was, ist es vorbei?

Fwaaah

Tut mir den Ge-fallen und merkt ihn euch.

Mein Name ist Dan.

Diesen Namen ...

Ist das ein Zufall?

... trug mein Vater auch ...

Knrrrsch ギッ

Die übrigen Minister dürften bereits Wind davon bekommen haben ...

Ja, aus unerfindlichen Gründen.

Wie bitte?

Albert war ebenfalls in dem Waisenhaus zugegen?

Haaah ...

Vermutlich.

... und die Stimmen, die Prinz Albert des Throns unwürdig bezeichnen, werden erstarken.

Mecker ギッ

Sie werden ausnutzen, dass Seine Hoheit schon wieder am Ort des Geschehens war ...

Mecker ギッ

Knrz ギッ

... muss er uns Rede und Antwort stehen.

Dieses Mal ...

Kapitel 29

Ein kleines Extra

※ Während der Flucht.

Ein Kampf? Nur zu!

Stark ...
Schön ...

Verläss-
lich ...

Ein Blick
voller
Bewunde-
rung?!

Oh!

Wooooow!

Willkommen zurück!

Salut,
Pappa!

Wird sie in Zukunft ...

Willkommen!

Was
genau
bereitet
Euch jetzt
Sorgen?

Begib
dich nur
nicht in
Gefahr
...

Gut
...

Solange
es dir gut
geht.

Seufz

Vielen herzlichen Dank, dass ihr Band 6 gekauft habt!

Kleiner Freudentanz~

Band 6 ... Band 6 ... Im Nullkommanichts war er hier ... Es hat viel Spaß gemacht, die Ordensschwestern und die Kinder zu zeichnen!

In Band 7 wird es zum größten Teil ungewöhnlich ruhig zugehen, habe ich so ein Gefühl. Band 7 ... Band 7, was? Ich bin wirklich so dankbar ...

Special ★ Thanks

An meinen zuständigen
Redakteur

und die gesamte Redaktion,

an alle, die an der Produktion und
dem Verkauf beteiligt waren,

an Maasa Nakamura

und Yoshihisa,

an meine Familie,

an alle, die mich angefeuert haben,

und natürlich an alle Leserinnen
und Leser dieser Geschichte!

Habt vielen Dank!

**Eure Meinungen und Eindrücke
könnt ihr gerne hierhin schicken:**

Altraverse GmbH
c/o Yuki Shibamiya
Phönixhalle 1
Ruhrstraße 11a
22761 Hamburg

Ich würde mich sehr freuen, euch alle im nächsten Band wiederzusehen!

130

... könnte er von der Thronfolge ausgeschlossen werden.

Ich bitte um Verzeihung.

... was nicht nur auf den diesmaligen Fall zutrifft.

Du hast ein Penchant dafür, zu sehr zu intervenieren ...

... die der Ansicht sind, dass du des Throns nicht würdig bist.

Es werden deshalb Stimmen laut ...

Wähle deine Worte weise.

Nun muss ich dich erneut fragen, was deine Vorsätze als Prinz sind.

134

Guillaume ...

Eure Majestät.

Patsch

Gebt Euch einen Ruck!

Au!

...

Flapp

Bitte lesen Sie dies, bevor Seine Hoheit das Wort ergreift.

Gut.

Ich habe verstanden.

Von Schwester Michelle?

... des Waisenhauses, Schwester Michelle, erreicht.

Dieses Schreiben hat uns von einer Nonne ...

Zum Schluss schreibt sie Folgendes:

»Er hat Mitgefühl mit seinem Gegenüber und streckt eine helfende Hand nach ihm aus.

Sie erklärt, was bei dem Vorfall geschah ...

... und spricht ihren Dank aus, dass die Gefahr für die Kinder nun gebannt ist.

Ein Land, das einen solchen Kronprinzen hat ...

... liebe ich wie Gott selbst. Es erfüllt mich mit Stolz, darin zu leben.«

Ha ha ha

Was für Worte aus der Feder eines Menschen, dessen Anbetung allein Gott gelten sollte!

Sieht so aus, als wäre er nicht nur in den Fall verwickelt gewesen.

Fwapp

Das Vertrauen eines Landes geht von seinem Volk aus.

Das Problem ist, dass jemand aus der Königsfamilie überhaupt dort war!

Ein einziger Fehltritt und das Vertrauen des Landes ...

Oder wollen die werten Herrschaften dieses als nichtig abtun?

Krsch

Schluck

Meine Güte, all die Falten.

Ansonsten ...

Wollt Ihr nicht auch etwas dazu sagen, Eure Hoheit?

Was ist vonnöten, um unser Königreich zu einem Land zu machen, in dem sie gerettet werden können?

Ich blies Trübsal und ignorierte alles um mich herum.

Ich muss mich jetzt ...

... nicht vor allen Anwesenden als Prinz beweisen.

Doch als ich mich dann umblickte ...

... waren da viele Menschen, die unter weitaus mehr Schmerz litten als ich.

Einst dachte ich selbst ...

... dass ich nicht würdig sei, Euch auf den Thron zu folgen.

Ich kann jedoch das Risiko dieses Vorfalls nicht leugnen.

Ich nehme jedwede Strafe auf mi...

Allerdings ...

... ist es um ein Vielfaches schwerer, Menschen zu helfen, als ein Land zu regieren.

Boff
ぽ°ん

Gut.

Wenn dies dein Wille als Prinz ist, akzeptiere ich das.

Es ist dennoch ein Fortschritt!

Fix- und fertig!!

Ich habe das Gefühl, dass das haarscharf war.

Ich bin so erleichtert!

Ihr konntet Euren Vater von Euch überzeugen!

Ich danke dir, Renée.

... dass du es warst, die Schwester Michelle um den Brief gebeten hat.

Ich habe gehört ...

Auf meine Kammerzofe ist eben Verlass.

Sie meinte, sie sei auch verantwortlich.

Michelle plagten zwar Gewissensbisse ...

Ich freu mich wie ein Schneekönig!

N... Nicht doch!

Ich meine ... ja!

... aber sie hat sich für uns durchgekämpft.

Ich soll den schreiben? Ich?

Ja!

Er muss sogar von dir sein!

Gut, dass er ankam.

Ich war sicher, dass er Euch helfen würde.

Das hat er.

Herr Guillaume und Herr Hugo haben ebenfalls geholfen. Ich muss mich noch einmal bei allen bedanken.

Ich war ja nicht die Einzige, die dafür gesorgt hat, dass der Brief durchkommt.

Wobei ...

Tut mir leid, habe ich dich geweckt?

Pappaaa?

はっ Oh!

Blinzel

はっ

Das war mir komplett entfallen!

Michelle meinte ...

... sie habe jemanden getroffen, der Claires Vater sein könnte!

Was ?!

Zitter

Ich glaub, ich weiß noch, wo er hinwollte und wie er aussah ∞

'n paar Tage bevor ihr aufgetaucht seid, stand der plötzlich vorm Tor.

Hat was gesagt, von wegen er hat ein Bébé beim Palast gelassen.

Zitter

Wir konnten ihn aufgrund der Beschreibung schnell ausfindig machen.

Nennt Claire Prinz Albert deswegen Papa?

Das hat uns die Suche schwer gemacht.

Er dürfte etwa in meinem Alter sein.

Erzähle mir bitte von Claire.

Du hast nichts zu befürchten.

Ihr Fluch zeigte sich zum ersten Mal, kurz nachdem meine Schwester ihrer Krankheit erlegen war.

Claire ist die Tochter meiner großen Schwester.

Sie war die einzige Familie, die ich noch hatte.

Ich schwor mir selbst, sie zu beschützen.

Du kannst Papa zu mir sagen.

Pappappaaa!

Wenn sie deinen Fluch sehen, könnte das dein Tod sein.

Ich bitte dich ... weine nicht.

Doch ...

... das war alles andere als einfach.

Es war ...

... genau zu dieser Zeit, dass ich von einem Prinzen hörte, der in Cara für Verfluchte eingestanden sein soll.

Wenn es sich dabei um unseren Prinzen handelt ...

... würde er Claire bestimmt beschützen, dachte ich.

So fand er seinen Weg zu Michelle ...

... nach einem Waisenhaus, das uns beide aufnehmen würde.

Schnief

Aber die Trennung fiel mir schwer, also suchte ich ...

Schluchz

Wer weiß, ob das nicht alles gelogen ist.

Die Wahrheit ...

Vielleicht wollte er dem Palast einfach nur eine verhasste Verfluchte aufdrängen.

Oder er ist ein Aufständischer.

Ich scherze.

... steht Claire doch ins Gesicht geschrieben.

Pappaaa!

Du hast deinen Fluch im Griff?

!

ぱあっ
Fwaaah

Hi hi. Bestimmt ...

Es tut mir leid! Es tut mir so leid, Claire!

In Wahrheit ... will ich doch bei dir sein ...

...soll das »Ich hab dich lieb« heißen.

Es sieht so aus, als würde Michelle das Waisenhaus übernehmen.

Claire und ihr »Papa« dürfen es zukünftig ebenfalls ihr Zuhause nennen.

Das freut mich sehr zu hören.

Kuschel

Neneee!

Dein Papa wird gerade noch befragt.

Du hättest auch gerne für immer hierbleiben dürfen!

Unsere letzte gemeinsame Nacht, ich bin schon traurig.

Wir haben ihre echte Familie gefunden.

Es ist für Claire das Beste, bei ihr zu sein.

Doll lieb!

Sie weiß ganz genau, wer Ihr seid, Prinz Albert.

Hi hi!

Wie oft noch? Ich bin nicht dein Papa!

Renée, bring sie her.

Jawohl.

は゛

Fwisch

Dann wird sie auch ...
... mit ihrem Fluch leben können.

Jeder Mensch kann sein Glück finden.

Nur eine Sache beschäftigt mich ...

Ich trug sie fest in meinem Herzen ...

... die Hoffnung.

Ach ...
Was bin ich froh, an Euch geglaubt zu haben.

Dienerin des verfluchten Kindes Band 6 / Ende

Seit wann?! So 'ner krassen Allianz bin ich nie beigetreten!

Wir sind doch ...

... die Allianz, die über die zwei wacht ...

... nicht?

Fou und Giselle schmieden eine Allianz?!

Prinzessin Matilda ...

?!

Ich will wissen, ob sich Eure Beziehung zu Renée weiterentwickelt hat.

Davon spreche ich hier nicht.

Knrsch

... kehrt zurück!!

Schafft unser Prinz es endlich ...?!

Wie ...?

Badumm

Du bist für mich ...

Finden sie auch heraus, was es mit dem mysteriösen Dan auf sich hat?

Dienerin des verfluchten Kindes

Cursed Child's Servant

Yuki Shibamiya

Band 7 erscheint voraussichtlich im Frühjahr 2023!

altraverse

Deutsche Ausgabe / German Edition
Altraverse GmbH – Hamburg 2023
Aus dem Japanischen von Christina Rinnerthaler

NOROIGO NO MESHITSUKAI by Yuki Shibamiya
© Yuki Shibamiya 2022
All rights reserved.
First published in Japan in 2021 by HAKUSENSHA, Inc., Tokyo.
German language translation rights arranged with HAKUSENSHA, Inc., Tokyo
through Tuttle-Mori Agency, Inc.

Redaktion: Anne Faltin
Herstellung: Michaela Müller
Lettering: Vibrant Publishing Studio

Druck: CPI books GmbH, Leck
Printed in Germany

ISBN 978-3-7539-1325-4
1. Auflage 2023

www.altraverse.de